幸绘!澳大利亚

猫 部 编绘

SPM
南方出版传媒
广东人民出版社
· 广州 ·

图书在版编目（CIP）数据

幸绘！澳大利亚 / 猫部编绘. — 广州：广东人民出版社, 2018.11
ISBN 978-7-218-12641-8

Ⅰ.①幸… Ⅱ.①猫… Ⅲ.①澳大利亚—概况—图集 Ⅳ.
①K961.1-64

中国版本图书馆CIP数据核字(2018)第043136号

XINGHUI! AODALIYA
幸绘！澳大利亚

猫部　编绘

版权所有　翻印必究

出 版 人：肖风华

策划编辑：钱飞遥
责任编辑：钱飞遥　张　颖　刘　颖　刘　奎
责任技编：周　杰　吴彦斌
出版发行：广东人民出版社

地　　址：广州市大沙头四马路10号（邮政编码：510102）
电　　话：（020）83798714（总编室）
传　　真：（020）83780199
网　　址：http://www.gdpph.com
印　　刷：珠海市鹏腾宇印务有限公司
开　　本：890毫米×1240毫米　1/32
印　　张：5　　　字　　数：60千
版　　次：2018年11月第1版 2018年11月第1次印刷
定　　价：36.00元

Hello ! Australia

Hello! Australia

1
猫部的序

过境新加坡

免费市区游·著名景点一网打尽 / 樟宜机场·说不定就中了百万新币呢

2
前期准备

签证、机票、酒店预订等

25
纯净黑天鹅城珀斯

吉米的意大利餐厅·意面制作很高效 / 弗里曼特尔·吸一口治愈系的海风 / 国王公园·最佳观景台 / 企鹅岛·神仙小企鹅泳姿了解一下

目录 CONTENTS

作者的序

　　这是我第二次到澳大利亚。第一次，跟团观光。这一次，三人自由行，没有常规路线，没有中餐馆团餐，也没有上车睡觉下车拍照。

　　有的是：在日月同辉的早上散步去车站，看看沿途的花花草草蜗牛鸟儿，等车的时候玩玩影子游戏，见到餐厅前的长龙跟着排排队，赶不上最后一班渡轮就到海边吹吹风，下雨了就逛逛有各种精致小玩意的商场。海鸥在白色风衣上空降印记，袋鼠和鹦鹉在手上夺食，考拉抱着树干暗中观察。晚霞漫天时啃着三明治在海滩上坐等小企鹅夜归，N级大风下拄着被吹歪的雨伞看玻璃船底的珊瑚礁，阳光正好时到蜿蜒的海洋公路上兜风，迎着落日余晖返程，即兴停车仰望星河灿烂。

　　这样不常规的旅途和欢乐，想要以不常规的方式与大家分享，于是有了这本书。

　　那么，一起开启本次旅程吧。

前期准备

一、旅伴

本次异国之旅是"锵锵三人行"。所谓三人行，必有我师：三个臭皮匠，顶个诸葛亮……（喂，扯远啦）Sorry，言归正传，这次的组合是：

青
规划线路

虫
订机票

猫部
订酒店

二、签证

上澳大利亚驻中国领事馆主页下载签证资料清单，填写相关表格，备齐资料到邻近的澳大利亚领事馆递交（也可邮寄）。现场办理最好在早上9点前到，否则要排很长的队。访客签证审理时间是10个工作日，实际上大多数签证在5工作日内就有回复。

赴澳签证无贴签，把领事馆发到电子邮箱的 Visa Grant Notice（签证批准通知函）打印出来夹在护照中即可。

三、订机票

直接上航空公司官网订。要便宜的话最好提前几个月关注，然后随时刷，我们去 Perth（珀斯）的机票就是提前了个月订的。虎航、捷星等廉价航班不提供餐饮，需自备或另付费。行李也有限重，具体看航空公司网页说明。

四、订酒店

上 Booking Com（缤客网）订。便捷人性化，部分可选择床型，如 .3 人房可选 3 张单人床或 1 张大床 +1 张单人床。还可以提出提前入住、延迟退房及其他需求，酒店视情况满足。一般提前一周可免费取消。

五、规划线路

上澳大利亚旅游局官网、搜攻略、问当地朋友等，总之是动用大家经验智慧啦！在墨尔本报了两个旅行团，我们的标准是距离下塌处有超过 2 小时车程的目的地就跟团。

凯恩斯

北部地区

昆士兰州

西澳大利亚州

珀斯

南澳大利亚州

新南威尔士

维多利亚州

悉尼

墨尔本

大堡礁

4 月 30 日 - 5 月 11 日

- 汇率 -

1 澳元约等于 5 元人民币

- 总支出 -

约 2.3 万元人民币（以下单位为元 / 人）

机票 10157

广州 - 珀斯 1515

珀斯 - 悉尼 1799

悉尼 - 凯恩斯 1263

凯恩斯 - 墨尔本 991

墨尔本 - 广州 4589

酒店 2195

悉尼 671 凯恩斯 512 墨尔本 1012

电吹风
虽然一般酒店都有配备，但都是固定在洗手间，还是自带方便顺手。

手机 2 部
Iphone 用来装当地电话卡，古董 Nokia 装的动感地带-落地居然自动开通国际漫游。

零钱包，在澳洲消费经常会找回很多硬币，用零钱包很方便。

数码相机，内存 8G。

电热水壶
在澳洲住的 3 家酒店就有 1 家未配备烧水壶的，所以还是有备无患。

肥皂，可以用来洗手洗衣物，每次用完放小网袋中挂起，很快就干。

别忘了转换插头，澳洲使用国标插头，特征是三个扁头。

浴帽，澳洲浴室的淋浴喷头都是固定在墙上的，如果洗澡时不想弄湿头发就必须戴浴帽啦！

折叠衣架 10 个

充气枕. 长
时间　　　坐飞机或汽车都
可以用上. 保护颈椎. 建议买
外包绒布的. 舒服很多

雨伞. 遮阳挡雨. 在珀斯、
凯恩斯都遇到下雨. 正好派上用场

保温水壶. 象印牌. 保温效
果很好. 0.8L 的大容量. 可
以喝一天. 缺点是装满的时
候有点重

手账包帆布材质可以放护照、
纸笔、各种凭证等

折叠手提袋. 收起来的时候
如钱包大小. 打开容量很大

墨镜. 澳洲不下雨时
几乎都出大太阳. 所
以必备太阳眼镜哦

短T3件、
长T3件、格子衬衣2件、
牛仔裤、靴裤、卫衣、棒球服外套、
羽绒背心、冲锋衣、
睡衣、牛仔背心裙、
袜子、洞洞鞋、运动鞋

背包，旅行必备，黑色耐脏。
行李箱，硬壳，耐挤压，稍大尺寸，
四轮驱动（这个很重要），重的时候可以
推，比两个轮子的省力多了。建议带上十
字型行李箱绑带，万一拉链出状况可保
行李箱不散架。

过境新加坡

出发啦!

刚上完7天班，来不及休息，上午到Watsons（屈臣氏连锁商店）买旅行装洗漱用品，下午收拾行李，赶上晚上8点钟的机场大巴，9点10分到白云机场。

咨询机场工作人员，被告知要到晚上12点才能打印登机牌和托运行李，于是我们住找了位置坐下，海侃一通之后也才是晚上10点半，等待的时间真是漫长啊～哈欠连天只能以吃解乏。

大家从包里掏出三明治、牛肉干、栗子、番薯干、面包、巧克力、虾条、紫菜……

好像带太多了，一群吃货!

好像带太多了，一群吃货

饱餐宵夜再闲聊一会儿后终于到12点，我们拖着行李到虎航柜台办理登机手续。大概是夜班机的缘故，工作人员只有3个，长队移动得很慢，办完手续已经是凌晨1点多，然后过安检登机，飞机于凌晨2:35准时起飞。

　　清晨6:40，飞机准点抵达新加坡樟宜（Changi）机场。首先到2号航站楼（Terminal 2）虎航柜台办理转机手续，因为买机票时已加了联程托运的费用，所以不用提取行李。

　　接着就是准备新加坡市区观光。我们办完转机手续后到二楼过境购物区北部，到达移民大厅北和高架旅客运送车的电动扶梯附近，看见有一个蓝色柜台写着"Free Singapore Tour"，在这里登记可以参加"免费市区游"的活动。这个免费观光活动是由新加坡旅游局、樟宜国际机场、新加坡航空等机构共同策划的，只要过境停留超过5小时的旅客即可登记参加（无需新加坡签证）。

　　登记时工作人员会核对旅客的登机牌（下一程）和护照，确保参加活动的旅客有足够的时间，因为活动

行程至少需要两个小时。旅客在柜台领取表单填写并缴交完成登记后，就会拿到一张工作人员已填好的离境卡（Departure Card）、一张贴纸和一张入境通行证（Entry Pass），贴纸上面写着旅客编号和集合时间。

我们按照贴纸上的集合时间到柜台旁边集合，将贴纸贴于胸前方便工作人员辨识，经过工作人员点名后，由随团导游带领出境观光。Entry Pass（入境通行证）切记要自己保管好，因为通过海关后护照要交由导游保管，等整个行程结束后再以入境通行证换回护照。

随车导游是华裔，问他是否能用双语讲解，答曰不行，因为工作规定只能用英语，于是我们只好继续练习英语听力。

走出机场大厅到大巴车站，蓝天白云汽车，一切都那么干净明亮。我们坐上其中一辆蓝色大巴开始观光之旅，听导游介绍新加坡。

新加坡是一个城市国

新加坡的 Taxi 大多
车身印满广告

家，原意为狮城。据史籍记载，公元 1150 年左右，苏门答腊岛的一个王子乘船到达这里，看见一头黑兽，当地人告之为狮子，王子遂称这里为"狮城"，"Singapore"为梵语"狮城"之谐音。

新加坡公民主要有四大族群：华裔占七成多，其他依次为马来族、印度裔、欧亚裔。相应的主要语言有马来语、英语、汉语、泰米尔语（印度语言的一种）。

"花园城市"之美称名不虚传，大巴一开出公路，各种绿色就迎面而来，生机盎然。难得的是这里的城市绿化有不加修饰的自然美感：草地、灌木、乔木错落有致、层次丰富，浑然天成。

路中的绿化带不像国内那般整齐划一，不同树种混种，灌木也无刻意修剪的痕迹，任其自然舒展，蓬勃生长。

接近市中心时首先看见一个硕大的摩天轮，这就是

传说中的飞行者（Singapore Flyer）了。它有42层楼高，直径150米，旋转一周约半小时，在摩天轮上可以将市中心尽收眼底，所以时间允许的话一定要去坐坐哦！

接着是滨海湾金沙酒店（Marina Bay Sands），坐

飞行者
（Singapore Flyer）

14

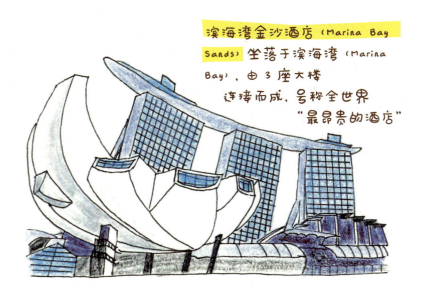

滨海湾金沙酒店（Marina Bay Sands）坐落于滨海湾（Marina Bay），由3座大楼连接而成，号称全世界"最昂贵的酒店"

落于滨海湾（Marina Bay），由3座大楼连接而成。因其耗资40亿英镑打造，号称全世界"最昂贵的酒店"。酒店的室外泳池位于198米高的塔楼顶层，长达150米，是在这一高度世界上最大的室外泳池。

　　酒店旁有一处像盛开的白莲花的建筑就是艺术科学博物馆（Art Science Museum）。博物馆的建筑设计师认为酒店的主建筑像空中飞船，是动态的；博物馆则像含蓄的白莲花，是静态的；两者互相衬托，相得益彰。博物馆面积6000平方米，楼高4层，有10个长短不一的"花瓣"，其外部材料是特制的玻璃纤维（这种材料一般用于赛艇），使整个建筑看起来天衣无缝。

　　酒店附近还有滨海湾花园（Gardens by the Bay），占地1.01平方千米。滨海湾花园以两个造型极

==滨海湾花园== (Gardens by the Bay) 以两个造型科幻的冷却温室最为瞩目，名字也好听，一为"花穹"，一为"云雾林"

具科幻感的冷却温室最为瞩目，名字也好听，一为"花穹"，一为"云雾林"。玻璃建筑通过制造冷凉环境，还原地中海及半干

园中有 ==18 棵人造大树== (Super Trees)，在金属树干上种满植物，树上装太阳能板为园区供电。在最高的 3 棵树上还有餐厅和空中走廊，果然超能

旱、亚热带凉爽干燥气候和热带山地凉爽潮湿气候。这里还收集展示了 400 多个植物品种，近 23 万株植物。

滨海艺术中心（The Esplanade-Theatres on the Bay）—— 没错，又是滨海，滨海就是新加坡的高能集中区 —— 这个平视像两颗榴莲的家伙其实灵感来源于昆虫的复眼，

俯视时很清楚。这个艺术中心占地约 80 平方千米，也是玻璃建筑，内部包含音乐厅、戏剧院、购物中心和餐厅等。它与鱼尾狮公园遥遥相对，视野开阔，晚上可在此欣赏湾畔夜景。

新加坡的象征——鱼尾狮

耶！终于看到鱼尾狮（Merlion）啦。狮头灵感来源于关于"狮城"的传说，而鱼尾造型浮于层层海浪间，既代表新加坡从渔港变成商港的历史，同时也象征着当年漂洋过海到这里谋生的祖辈们的奋斗故事。在这里拍照请尽情发挥想象力，可以做出各种有趣的效果，比如找准位置张大口接圣水。什么？你说那是鱼尾狮的口水？不管啦，神兽的口水当然是圣水啊！

新加坡的唐人街又叫"牛车水"。早在 19 世纪，英国政府为了发展新加坡的经济，从海外招收大量劳工，其中华工们都住在新加坡河出海口一

带，从事码头搬运工作。为了清扫尘土飞扬的街道，每天用牛车载水冲洗，因此这个地区被称为"牛车水"。后来，这个地区被划为华人居住区。如今的牛车水非常热闹，各色商店鳞次栉比。

天福宫（Thian Hock Keng Temple）始建于1839年，供奉的是天后娘娘（即妈祖），所以也叫"妈祖宫"，在1973年被列为新加坡国家古迹。天福宫的建筑工艺和材料来自福建泉州，是传统闽南风格的庙宇建筑。

观光结束后回到机场约中午 11 点，有充裕的时间逛机场的商店。

走到 3 号航站楼，看见前方很多人低头在桌子上涂涂画画，走近才发现这里是拓印木版画艺术站，基本图样有航站楼外观、新加坡著名建筑等，旅客只需拿起旁边备好的纸笔在喜欢的图样上拓印好即可带走留念，好贴心。

从 3 号航站楼回到 2 号航站楼稍作休息。旁边的保洁阿姨跟我们聊起天来，说她祖籍潮州，自小在新加坡长大，让我们猜猜她几岁。青猜测："60 岁？"阿姨开心地说她已经 70 多岁了，因为退休后无聊才和老伴一起到机场工作。她还很热心地为我们介绍机场适合休息和饮食的地方。猫部觉得，这位笑口常开的阿姨就是有积极乐观的心态才显得那么年轻吧！

新加坡樟宜机场于 1981 年建成，占地 13 平方公里，是新加坡主要的民用机场，也是亚洲重要的航空枢纽。虽然运营 30 几年，但依然保持良好的服务水准和口碑。

机场目前有 5 个航站楼，设有多个问询处，也提供许多免费的小册子供旅客查阅。

这些小册子一般有四种语言文字版本（英、中、韩、日），内容并非完全一致，而是根据不同国家旅客的喜好作调整。比如除一般观光点外韩文版的旅游地图增加高尔

夫球场的介绍，日文版增加飞行体
验活动介绍，中文版则增加更多的
观光点和购物点，以至于中文版地
图比其他版本地图大出了倍不止。

　　樟宜机场是购物的好地方，
从家用电器到最新的电子产品，
畅销书籍和时尚服饰箱包等应有

　　比如这只大熊。
　　在征得店员的同意后，跟
它合照了 N 张，手感很好，柔软
中透着结实（这是什么形容？）。

　　这是宣传樟宜百万富翁大
抽奖的展台，只需消费满 30 新
元，就有机会赢取一百万新元和
其它奖品！

尽有，24 小时免税购物中心有多达 1500 种品牌商品。不过猫部喜欢的是另外一些小玩意。

Welcome to m&m's world. Let's Play!

闲逛时看到这个马上兴奋起来。五彩缤纷的亮色让心情也随之灿烂，店员也很友好，让我们随处拍。

和巧克力豆们愉快地玩耍之后就到午餐时间。我们点了肉骨茶、炒河粉、捞面、青菜、海南鸡饭肉骨茶放了很

它们的神情动作分明是"快到碗里来！"

但是明知是巧克力豆的逆袭也无法抵挡。因为这些拟造型的豆子一般都是坐在长凳上，最好就是坐下来跟它们来个亲密接

触然后拍　　　　下美美的照片呀！

肉骨茶放了很多胡椒，
排骨很大根，味道还不错。
炒河粉挺香，鸡肉蛮嫩

放了很多胡椒，排骨很大块，味道还不错。炒河粉挺香，鸡肉蛮嫩，就是捞面又甜又咸又辣，味道有些怪。

饭后我们散步到一楼，看到"森林家族"的专卖店正在装修，可惜未能一睹究竟。伴随童年的小萌物们啊！顺便科普一下，"森林家族"于1985年由日本Epoch公司设计生产，产品有动物公仔及它们的日常生活、游乐场所及各式用品等，是过家家的高级配置，同时也是圈钱利器……

跟着小兔挥挥手。再见啦！美丽的新加坡。

再见啦！
美丽的新加坡

Perth

纯净黑天鹅城
珀斯

吉米的意大利餐厅 · 意面制作很高效

弗里曼特尔 · 吸一口治愈系的海风

国王公园 · 最佳观景台

企鹅岛 · 神仙小企鹅泳姿了解一下

Day 1

　　过了安检，一眼看到跟我们招手的翠儿和David（翠儿是鱼的大学同学，David是其先生）大家热情拥抱了一番，高大的David轻松地把几十斤重的行李箱举过头顶晃了一圈才放入汽车尾箱，真厉害！翠儿告诉我们在这边即使坐在汽车后排座位也必须扣好安全带，否则可能吃罚单。

从珀斯国际机场驱车到翠儿家约半小时。我们很荣幸地成为翠儿新家落成后第一批远道而来的客人。这个气派的大房子占地815平方米，买地加建房45万澳元就享有土地所有权和永久产权，性价比真是极好的。

好客的翠儿怕我们饿着，端出饼干和苹果泥（David自家制），都很好吃，苹果泥清香酸甜，口感和内涵一样健康。

由于天色已晚，我们吃完宵夜后轮流洗漱，进房休息。

床品非常漂亮，以紫色和桃红色为底色，图案是盛装打扮的窈窕女子，媚眼如丝，活色生香。

Day 2

一夜好眠，伴着8点整的闹钟醒来。贤惠的青已经洗漱完毕，给大家煮好了牛奶。澳洲牛奶口感顺滑，连平常不喜喝牛奶的猫部都觉得很好喝。

早餐后在厨房的橱柜里发现了紫红色的软糖，原来是酸酸甜甜的山楂糕。世界大同，零食也大同，哈哈！

9点半揣着翠儿给的地图出发，今天计划去国王公园（Kings Park）和弗里曼特尔小镇（Fremantle），按昨晚的线路规划应该是到附近的Kwinana（库拿拿，发音很萌）公交车站坐车到珀斯市区再转车。

一出门就看见蓝天白云，阳光灿烂，心情大好。

大概走了10分钟到公交站附近，却没看到类似车站的地方。就近找了一位女士询问，才知道斜对面竖起一小块广告牌的地方就是车站！好低调的站台。

女士说等公交车可能要比较久，建议我们步行到Kwinana地铁站再转车，只要20分钟。也好，权当晨运（晨运？已经10点了！），我们开始沿着公路晃荡。

路边的植物上有许多白点点，远看以为是小野花，近看才发现是白蜗牛！

前方发现了一棵婀娜多姿的树，这棵树后来成为我们每天去车站的路标。

由于一路贪恋花花草草，我们花了40分钟才到地铁站。在无人售票机前研究无果后还是求助于工作人员。工作人员很友善，建议买一张 Family Rider（2人用）及一张 All Day Standard（1人用），各11澳元即可当天无限次乘坐地铁和巴士等公共交通工具。

03.05.13 09:51 AM
ISSUE-TIME
Kwinana Stn
FAMILY RIDER
Standard $ 11.00

循例先介绍一下珀斯。珀斯是西澳大利亚州（澳大利亚按地理位置分了12个州）的首府，位于澳大利亚西南角的斯旺（Swan River）河畔。珀斯和北京时间无时差，但与人口聚集的澳大利亚东部地区有2小时的时差。

珀斯属地中海式气候，四季分明。此时5月虽是秋季，也有20摄氏度左右，室内外空气干燥，洗过的衣服即使在室内不通风也隔夜就干。

珀斯市区由 Swan River 分成两部分。北岸是政府和各类机构的集中地，南岸则是商业中心。既有天鹅河，当然少不了天鹅，珀斯是黑天鹅聚集之地，有"黑天鹅城"之名。看，西澳州府的标识上就有黑天鹅。

在珀斯搭乘地铁出行也是非常方便快捷的

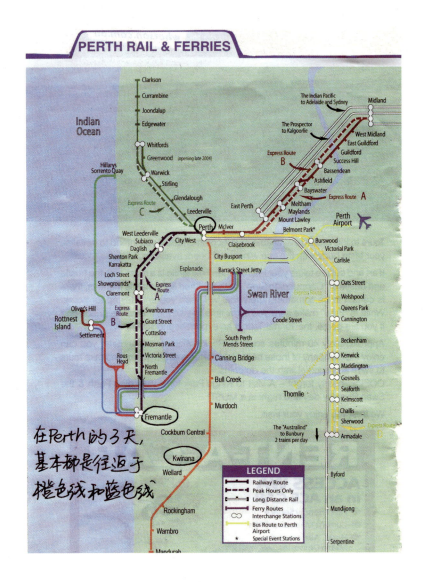

PERTH RAIL & FERRIES

在Perth的3天，
基本都是往返于
橙色线和蓝色线

GOVERNMENT OF
WESTERN AUSTRALIA
西澳洲府标识

从 Kwinana 到珀斯市区约40分钟，地铁站出口右拐就看到前面排长龙。好奇地找了位华人面孔的男生问怎么回事？原来这是 Jamie（一位名人）开的餐厅，味道很不错，所以大家排队等位。于是我们也很兴奋地跟着排起队来。

负责餐厅排位的拉美裔男服务生非常活泼，一直保持灿烂的笑容，连眼睛都闪耀着快乐的光芒。他真诚的快活很有感染力，让大家都觉得很愉快。鱼开玩笑说："我是老板的话也一定要请这样的员工！"

如果以为进了餐厅就马上能落座点餐那就太天真了。进门后，服务生问清楚顾客人数，然后给我们一个黑色的小盒子，顾客拿着这个黑色的小盒子坐在旁边的吧台高脚凳继续等，到小盒子震动表示已安排好就餐座位，此时再拿着这个小盒子去找服

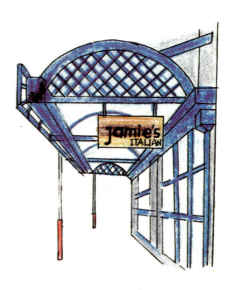

务生带位就 OK 了。

　　餐厅服务台前摆了很多 Jamie 的美食料理书。一看封面才发现店主原来就是 TVB 明珠台的美食节目主厨啊！果真是名人。

　　Jamie Trevor Oliver 是英国著名厨师，擅长使用有机食材烹饪，被称为原味主厨（The Naked Chef）。Jamie 认为意大利料理拥有新鲜的食材，大众化的口味和轻松的分享方式，于是他和朋友们计划开设一家餐厅来反映意大利人对食物的热情。第一家 Jamie's Italian 在 2008 年开业，现在全球有多家连锁餐厅。

　　服务台对面是意大利面制作间，全开放式，顾客可以清楚地看到意大利面制作的全过程：先将调好味的面糊倒进面条机，等到一定时间旋转按钮产出面条，分成小团上

先将调好味的面糊倒进面条机，等到一定时间旋转按钮产出面条，分成小团上秤，确认重量合格后放入透明托盘。

秤，确认重量合格后放入透明托盘。这些面条可以外卖的哦。

　　餐厅的出品果然不错：墨鱼汁意大利面咸香韧滑，搭配鲜甜的带子和微酸的青胡椒恰到好处；炸海鲜拼盘里有扇贝、大虾、青口和鳕鱼，食材丰富又新鲜，跟炸鱿鱼一样都是搭配特制沙拉酱，香脆可口；松露忌廉烩饭则较清淡，正好中和其它菜品。我们点的是中份，相当于国内的例牌，另外还有大份可选择。

　　从餐厅出来已近下午2点，由于约了翠儿一家共进晚餐，我们决定放弃国王公园，直取弗里曼特尔。

炸海鲜拼盘

墨鱼汁意大利面

炸鱿鱼

松露忌廉烩饭

弗里曼特尔位于天鹅河流入印度洋的出海口，也是澳大利亚的西大门，一直是珀斯最重要的港口。历史上，成千上万的移民通过这个港口到达西澳，至今仍是珀斯最繁忙的渔港和集装箱码头。

　　弗里曼特尔集市于1897年启用，1980年被列入澳大利亚历史建筑，在这座古老的维多利亚式建筑里面有150多个小店和摊位，出售各种手工艺品、纪念品、食品等，还有街头艺人表演。这里逢周五到周日开放，我们去的不是时候，只能在外面看看过瘾。

Fremantle 火车站有白
天鹅雕塑装饰

这里完好地保存了150多座英殖民时期的建筑，颜色明亮柔和，被誉为世界上保存得最完好的19世纪港口城镇。

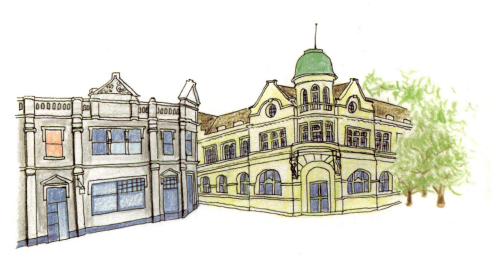

　　圆屋（Round House）是西澳保存至今最古老的建筑，是建于 1830 年的一座监狱。当时的捕鲸船就在圆屋下面的沙滩上屠鲸，圆屋下面建造了一条隧道方便捕鲸者进出。

　　19 世纪中期，英国政府为了西澳的殖民地建设而将大批犯人从英国运到弗里曼特尔，圆屋太小容纳不下，于是建造了一座新监狱，就是现在的 Fremantle Prison（弗里曼特尔监狱）。

　　Fremantle Prison 是西澳唯一被列入世界遗产的建筑物，也是大英帝国最著名的监狱之一，关押英国犯人、西澳犯人、军事犯人、战俘和间谍等。监狱于 1991 年停止使用，现已成为游客到弗里曼特尔的必游景点。

　　进了前面的门楼就看见几位工作人员。一位大叔远远

地微笑挥手就冲我们打招呼，可惜用了日文问候语，经过我的声明他马上换了发音纯正的普通话"你好"。

看了一下价目表，这里有Doing Time Tour，Great Escapes Tour，Tunnels Tours，Torchlight Tour 四个观赏项目，最便宜的也要19澳元。我们对监狱兴趣也不大，透过铁门看了看主体建筑就撤。

走得累了到码头边的餐厅小憩。点上一杯咖啡，坐在露天咖啡座上轻啜，与海鸥相顾无言，融入这美丽的风景，闲适悠哉，不亦乐乎。

海滩的沙子是白色的，触感细柔。清新的海风有"Fremantle Doctor"之称，据说只要吸上几口，即

点上一杯咖啡，坐在露天咖啡座上轻呷，
与海鸥相顾无言，融入这美丽的风景，
闲适悠哉，不亦乐乎。

休息椅上的比基尼美
女雕像

弗里曼特尔观光后坐公交车
到 Kwinana 车站与翠儿会合。
　公交车非常舒适,干净宽敞
金属座椅上有一层薄垫,
　椅套非常好看。

车站附近有一家 Woolworths,
这是澳大利亚的大型连锁超市。
　绿色标志生机盎然。

在超市买了薯片,
第一次吃到盐醋味的,开始觉得又咸又酸,
　吃着吃着居然很带劲,
　　迅速成为薯片口味新宠。

能消除心中块垒，疾病不药而愈。

从超市回到翠儿家，我们看到她的两个小宝贝，混血儿帅气可爱，还很热情地跟我们拥抱。

晚餐是外带的 Domino's Pizza（一家大型 Pizza 连锁品牌），香脆可口。饭后果是啤梨，虽然个头比国内小很多，但口感很好，清香甜糯。削皮后，圆润的啤梨变成了棱角分明的多面体，体积也只有原来的三分之二。

香脆可口的 Pizza

Day 3

今天计划去企鹅岛（Penguin Island），计划赶不上变化，对于三个路痴来说，尤其如此。

一出门就被白天的月亮吸引而迷路。

一日之计在于晨，迷糊的基调伴随这一天。去地铁站的路上继续迷路，1个半小时后才到达，然后又发现地铁坐错了方向，所以取消去企鹅岛的计划，到弗里曼特尔中转再去 Rottest Island（洛特尼斯岛）。

鱼想去附近的 Target 超市，向路旁的大叔问路。大叔很幽默地来了句 "Your target？It's me"，萌萌哒!

我们向 Target 超市的售货员打听附近的餐厅，

于是来到Festa Cafe用午餐。这家餐厅主要供应快餐，分量很足，2人份已够了3人吃。

吃完午餐到轮渡口，被告知已经错过当天最后一班去Rottest Island的Ferry（轮渡），只好又变更计划回市区转车去国王公园。

牛肉、鸡肉三明治和薯条

送的柠檬汽水好喝!

双拼通心粉

薯条比国内的粗壮很多，入口更松化。

回到市区为了避雨进了商场，看到许多精美的物品。

珀斯有三种颜色的猫猫大巴往返于市中心和周边，分别是红、黄、蓝三色。乘坐这些大巴是免费的，但要注意它们都只朝一个方向循环行驶。

鱼形瓷盘

碗？

玻璃杯 + 挂着小帆船的搅拌棒

温馨的企鹅父（母）子（女）

碟和勺

这只酷帅像猎豹的家伙其实是猫啦!

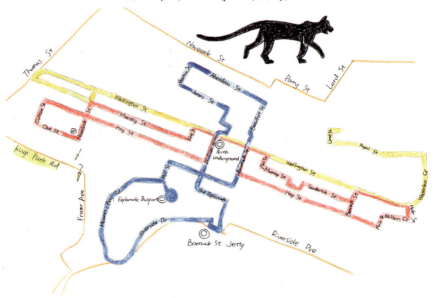

　　开始我们上了 Blue Cat，好心的司机告诉我们去国王公园应该坐 Red Cat，还拿了路线时刻表给我们画示意图。乘坐 Red Cat 到 20 号站 Havelock St 下车再走12分钟就到目的地啦!

　　国王公园地处珀斯以西，占地约400公顷，是南半球最大的城市花园。始建于1890年，作为送给当时英国爱德华国王的礼物，命名为国王公园。园内种植培育了6000多种花草，其中一半是西澳特有的植物。每年9-11月是珀斯的春天，国王公园会举办野花节，姹紫嫣红，美不胜收。公园中的蒙格湖是观赏黑天鹅的好地方，黑天鹅在水面上成群游弋。

虽是 5 月.
公园里仍绿草如茵.
　　　　不时能见到美丽的
小花.

5月虽值秋季，公园里仍绿草如茵，不时能见到美丽的小花。

公园内矗立着州立战争纪念碑，用于纪念一战和二战中丧生的军人。纪念碑及其附属配套设施构成公园内占地面积最大的一组建筑群。

纪念碑广场上的永恒之火，为悼念军人之魂而永不熄灭。

公园的山丘上有观景台，是俯瞰珀斯市区全景的最佳地点。观景时旁边一位大叔跟猫部聊天，他到过广州、四川等地旅游，喜欢中国，又介绍了珀斯的一些景点，问猫

部是否喜欢珀斯，他以身为珀斯人为傲。答案是肯定的：很喜欢。

观景台旁 很精致 的许愿池 很干净。

路旁看到很有爱的车牌，那黑乎乎的一团应该是袋熊（Wombat）。

公园有很漂亮的小径，很多人在此跑步。

公园的咖啡厅很赞，景观一流，价格也不贵，1.5澳元就有2个雪球，味道还很好。

下午茶后仍搭 Red Cat 回市区，选了生意很好的 Nando's 吃晚饭（就在 Jamie's Italian 的附近）。

统一装备：大背包
青：裙 + 靴

鱼：裙 + 凉鞋
猫部还好，
就是牛仔长裤颇紧。

猫部看到旁边的帅哥吃得津津有味，想轻轻地过去侦察人家点的是什么，一不小心踢到了凳子，帅哥闻声转过头来，猫部只得硬着头皮发问，帅哥却很爽快大方地拿过菜单指点。

吃完晚饭搭地铁回 Kwinana，翠儿又不辞辛苦地到车站接我们。回到翠儿家，David 问我们今天玩得怎么样？"It's a funny day!"猫部答。翠儿接着把我们迷路、坐反方向车、误点晚班渡轮的迷糊事讲了一遍，大家哈哈大笑。

坐在超大的开放式厨房聊天，好开心。

偷看邻桌帅哥
却踢到凳子的猫部

Nando's

餐厅的号牌很可爱

鸡肉炒饭 ‹

鸡肉沙拉 ‹

这家餐厅主要食材都是鸡
唯怪连号牌都是鸡的图样.

51

Day 4

因为记着昨天迷路的教训，一出门就向右走，几分钟后却发现——又迷路了！

接着又问路，又拿起手机导航，还是花了1个多小时到地铁站。这次没有坐反方向，很顺利到了Rockingham站转公交。坐551路可直达企鹅岛，途中有十几站。赞下珀斯的公交车出发到达的时间跟站牌上的时刻表分毫不差，不知道如何控制的呢？

公交车站台一般是这样的长条柱立在路边，车上没有报站语音或显示屏，所以自己要记好目的地的站点编号（最上方绿底白数字那个）。

企鹅岛对岸的别墅，绿树掩映，蓝天

白云，走12分钟就能看到大海，真好。

公车站往前走12分钟就能看到一个小房子，上面写着

等公车的时候给背包拍合影

Wild Encounters，这就是售票处了。有多种选择：去企鹅岛看企鹅和海狮，乘船看海豚等，另外还有各种游玩项目 Stand up Paddle，Kiteboarding，Sea Kayak。由于晚上要赶飞机，我们只选了到企鹅岛和喂养企鹅的项目，每人 $19.5。

售票处后面就是乘船处，警示牌提醒要小心蛇，不过我们当时只看到海边有很多海带而已。

从这里到企鹅岛有沙洲（Sand Bar）相通，退潮

时水大概到大腿高，所以有些人选择从沙洲涉水到岛上而不坐渡轮，但万一碰到涨潮就很危险，所以宣传单上写着：沙洲危险，务必搭乘渡轮。

坐船大概5分钟就到企鹅岛了。在长长的木栈道上走，时而看到一群群的海鸥，全然是主人的做派，趾高气扬，闲庭信步。

走到 Discovery Centre 门口，工作人员会检查游客的票，并在票面和游客手背盖上企鹅印章，作为允许入内的凭证。喂企鹅表演时间分别是 10:30am，12:30am，2:30pm。

岛上蜿蜒的栈道通向很多观景台，随处可见壮阔的海景。除了海鸥，还有其它的海鸟，如鹈鹕（Pelican），这里是它们在西澳最大的繁殖地之一。

听说企鹅岛上有野生企鹅，但很难看到，反而是各种海鸟数目众多。所以个人觉得企鹅岛的名号是来源于岛的外形。看，像不像张开翅膀的企鹅？

企鹅小剧场

这些无聊的人类
又来看我们了　　都习惯啦。

我看看有没
有好玩的人

俺躺会儿

一二三我们都是木头
人！谁也不许动！

工作人员一边为我
们一边讲解，桶里都是
企鹅爱吃的海鱼。

它果真这个姿势
保持了好几分钟

虽然有人说我们这样有点像鸭子，
但我们可是
货真价实的企鹅！

Seal Island

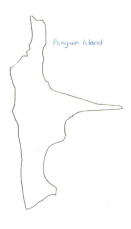
Penguin Island

　　约莫下午3点半从企鹅岛出来，青说想到珀斯市区买昨天看上的手拎包，于是猫部同去，鱼则直接回翠儿家。

　　手拎包开价$48，青讲价到$40，店主说再低她就要抹脖子了，我们都忍不住笑了。

　　因为今晚要在飞机上过，我们到超市买口粮，顺便下午茶。酸奶雪糕很可口，面包也好吃。

美味的下午茶

翠儿为大家
做的晚餐——小
羊排

酸奶雪糕很可口，面包也好吃。结账时第一次体验了自助设备，称重计价扫条码找零都自己来。

回到翠儿家将近晚上6点，翠儿正在为大家准备晚餐，香气四溢。不一会儿，美味的小羊排就上桌了。摆盘很漂亮，配菜也很丰富，有西兰花、椰菜花、薯泥和红萝卜，还有恰到好处的酱汁浇在上面，鲜嫩美味。

用完丰盛的晚餐，我们与David、Jayden、Adam几位朋友道别并合影留念，翠儿开车送我们到机场。

依依惜别之际，还发生了些小状况：鱼的背包过安检时响了警报，安检人员一脸严肃地问她带了什么。鱼惊讶地说："啊，翠儿家的钥匙还在我包里！啊，水果刀！中

FORK ~

能不能再多点……　　　钥匙　　餐叉

水果刀

```
FLIGHT  DESTINATION  DEPART  GTE
JQ 989   SYDNEY       0:20     8
QF 5989  SYDNEY       0:20     8
JQ 983   FLT  CLOSED           9
QF 5983  FLT  CLOSED           9
```

澳洲机场常见的航空公司标志

里，忘记托运了。"

　　安检人员把水果刀拿出来，发现包中还有其它的违禁品"Fork"。我们一时反应不过来，面面相觑。"Fox？狐狸？怎么可能？"鱼闹腾了一阵才想起她把叉子也放背包里了。最后安检人员同意这个"危险分子"把这些违禁品送给在安检口目送我们的翠儿，然后再过一次安检。就这样，离别的伤感场面瞬间欢乐了……

Sydney

国际大都市
悉尼

歌剧院 · 外观设计源于橙子？

达令港 · 好看的东西太多啦

维多利亚女王大厦 · 每样都想带回家

岩石区市集 · 淘点天然产物

Taronga Zoo · 可爱者甚蕃

屈臣氏湾 · 风平浪静 VS 惊涛拍岸

—

Day 5

早上七点我们三人到达悉尼机场，坐出租车到酒店花
了＄38.5，比坐火车划算（3个人要＄48，还要拖着行
李走一段）。第一感觉就是悉尼的公共交通费用比珀斯贵

澜澜和张阿姨

多了。司机是上海移民，像我们推荐了悉尼的景点和餐馆。

到了酒店还未到入住时间，就先寄存行李，坐等澜澜
和张阿姨的到来。澜澜是猫部的大学室友，现在悉尼工作；
张阿姨是澜澜的母亲，也是猫部的良师益友。澜澜特意让

张阿姨提前探亲日程，为的是可以更好地接待我们，太感动了。

澜澜背着用旧牛仔裙自制的包包，环保又好看。

大约 9 点半成功会合。澜澜准备了 3 份悉尼地图和旅游资讯小册子，很细心。

首站是坐游轮游览悉尼港湾。悉尼（Sydney）位于澳大利亚东南部，是新南威尔士州的首府，也是澳大利亚第一大城市，面积约 2400 平方公里。

举世闻名的悉尼歌剧院（Sydney Opera House）于 1973 年正式落成，2007 年被联合国教科文组织评为世界文化遗产，设计者为丹麦设计师约恩·乌

漂亮的游轮

松（Jorn Utzon）。其特有的造型，加上悉尼港湾大桥，与周围景物相映成趣。大家看它像什么？贝壳？帆船？其实大师的灵感来自——橙子！当时正为竞标方案苦恼的大师吃早餐时，看到夫人剥开的橙子，于是灵光一闪，刷刷刷地画下草图。但是这个设计并没有一下雀屏中选。评委们历时半年从32个国家233份作品中选出三个设计，但大Boss对它们任都不满意，于是决定要把所有作品亲自审阅一遍。这时他发现拿过来的只有232份作品，居然少了一份？原来缺少的这份作品只是简单的草图，不符合参赛标准，所以被取消了参赛资格。Boss认为这样并不公平，结果当草图呈现在他面前时，他立刻惊呆了，这分明就是他想要的！

这个故事告诉我们：从苹果到橙子，从牛顿定律到悉尼歌剧院，水果不仅有益身体健康，而且有益发明创造。水果万岁！

悉尼港湾大桥（Sydney Harbor Bridge）与歌剧院隔海相望，同为悉尼的地标，建成于 1932 年。主桥为单跨 503 米的中承钢桁两铰公铁两用桥。近年来，每年都有盛大的新年焰火在此盛放，引人入胜。游轮经过大桥时还看见桥架上有人在攀爬，对，爬上港湾大桥展示勇气和毅力吧！

达令港（Darling Harbour）以新南威尔士州第七任总督 Ralph Darling 命名。其中有奥利匹克运动会展示中心、悉尼娱乐中心、悉尼水族馆、国家海事博物馆、

猜猜这是什么？港湾中的监狱，
　是为了增加逃跑难度吗？

拉风的水上的士

海事博物馆前面停靠着军舰和
　潜水艇作为展示

悉尼会议中心、展览中心、影院、艺术市场等。

回到游轮码头，附近有个小展示厅，可以近距离免费观看考拉，可惜只有两只。

这个码头叫环形码头（Circular Quay）是悉尼主要的交通枢纽，设有大型的轮渡、巴士和地铁转线站。

码头有澳洲土著在表演，迪吉里杜管（Dedgeridoo，白人殖民者根据其音色命名，这种传统乐器是以1~2米的空心小桉树干制成）呜呜作响，伴着秋风和海浪，顿觉苍凉。表演者也有卖 CD 和迪吉里杜管。

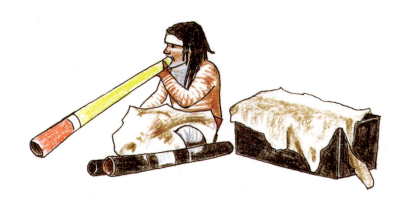

圣玛丽大教堂

　　圣玛利亚大教堂（St Cathedral）位于海德公园（Hyde Park）对面，由当地的砂岩建成，始建于1821年，是典型的哥特式建筑。

　　维多利亚女王大厦（Queen Victoria Building，简称QVB）是一座拜占庭式建筑，也是世界上最繁华的购物中心之一。QVB于1898年建成，长190米，宽30米，原用途是市场及办公室，后改造成购物中

心，现内有约200家商店、咖啡馆和餐厅。QVB外墙门窗造型都是弧形，与一组组笔直的罗马柱体及圆形天窗和谐搭配，显得厚重又精致典雅。

大厦外有街头乐队在表演，吸引了不少游客。蓝衣服男生后面是女王宠物狗的雕像，听说能用12种语言与游客打招呼呢！

QVB的商店有很多精致的小玩意，好想抱回家。

风趣土著系列

猫的彩色世界

摆设娃娃

从大厦顶楼垂挂下来的皇家之钟（Royal Clock）高达8米，是有100多年历史的英式大钟。中部是砖形结构，每当整点，上方的两扇小门就开启，呈现不同的历史故事

伟大的澳大利亚之钟（Great Australia Clock）同是从屋顶垂挂下来，与皇家之钟的古朴不同，这个大钟非常华丽。金碧辉煌的钟顶下是多个场景，有澳大利亚地图、风景、人物等。再下面是四层机械圆盘，分别表示年、月、日和周几。每逢整点，钟顶的六面弧形盖子会向上打开，里面的六个不同场景慢慢转动，逐一亮相

看着眼花缭乱的
精品之余，也不要
忘了欣赏脚下的
地砖哦。QVB 每一
层的地砖图案各
异，历经岁月的洗
礼仍然干净完好，
散发着时光打磨
的温润光芒。

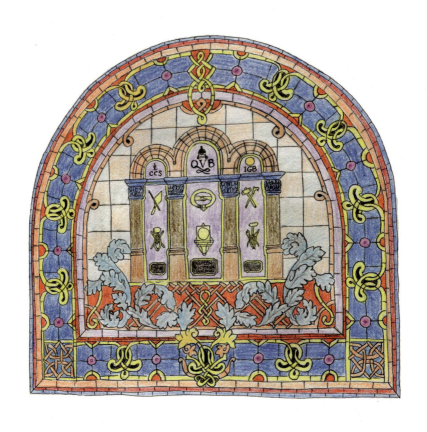

美丽的玻璃窗
QVB 无愧于"世界最美的商场"称号，
即使不购物，
仅参观也足以让人流连忘返。

逛完 QVB，澜澜带我们到她常去的店看澳宝（Opal）。澳宝又称水蛋白石，是硅分子和水的混合体，主产地在澳大利亚，于1993年被定为"国石"。其名源于拉丁文 Opalus，意思是"集宝石之美"，具有星光效应和变彩效应，确实非常美丽。

接着，我们到当地颇受欢迎的美式煎饼店用餐。

甜煎饼

披萨

沙拉

咸煎饼

可以淘到独具特色的纪念品的
岩石区市集（The Rocks Markets）

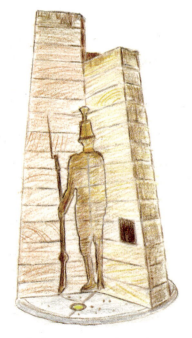

集市街边的木制雕塑

吃完美味的煎饼来到岩石区市集（The Rocks Markets）。这个市集每逢周六和周日举行，有超过200个摊位，出售各种物品如原住民手作、皮具、首饰等，还有美味的家庭制作食物。在这里可以淘到独具特色的纪念品哦。

逛完集市已经天黑，澜澜和张阿姨还得坐一个多小

用植物果实制成的天然香薰容器。
使用时先拔下上面的小木塞，
往里面加上数滴精油再塞上木塞，
香气就会从各个小洞中散发出来。

菊石化石（Ammonite Halves），
纵剖面呈美丽的螺旋形，色如琥珀。
菊石是已经灭绝的海生无脊椎动物，
生存于中奥陶世至晚白垩世，
因其表面有类似菊花的纹路而得名。

MILK CHOCOLATE
TRUFFLE

DARK ORANGE
TRUFFLE

WHITE CHOCOLATE
TRUFFLE

HAZELNUT TRUFFLE

DARK CHOCOLATE
TRUFFLE

VANILLA TRUFFLE

时

阿姨还准备了综合维生素片让猫部带给妈妈，好暖心。

意犹未尽的我们去了营业到晚上9点的水族馆，门票不便宜，每人要38澳元。悉尼水族馆有长达146米的水底通道，5000多种水生物。

从水族馆回酒店的路上肚子饿得咕咕响，买了个碗面，折合人民币50元。

统一牛肉面。安慰自己说里面的几颗
牛肉粒可能是澳洲和牛肉，所以贵。

青买的护手霜，
送我们每人一支。

悉尼水族馆有长达 146 米的水底通道，
还有 5000 多种水底生物

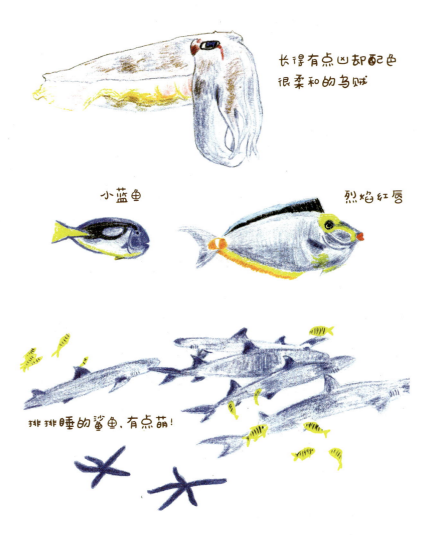

长得有点凶却配色
很柔和的乌贼

小蓝鱼

烈焰红唇

排排睡的鲨鱼，有点萌！

Day 6

今天的行程是去塔隆加动物园（Taronga Zoo）和屈臣氏湾（Watsons Bay）。一早到酒店附近车站搭乘555免费巴

FREE CBD SHUTTLE

Elizabeth St - Circular Quay
George St - Central Station

士（悉尼也有环绕市区的免费巴士）到环形码头。

　　在码头买了3张日票（Day Pass 类似珀斯的 All Day Standard, 可当天无限次搭乘公共交通工具，$24.45/人），坐15分钟轮渡就到塔隆加动物园啦。

　　鸭嘴兽是珍稀动物，产于澳大利亚南部及塔斯马尼亚，是现存最原始的哺乳动物之一。它的尾巴扁而阔，前、后肢有蹼和爪，适于游泳和掘土。

　　据说，19世纪鸭嘴兽标本从当时的英国殖民地澳大利亚

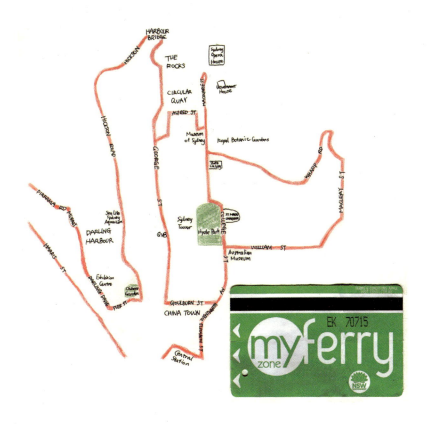

送到伦敦时，曾使英国的生物学家们大发雷霆。他们断言，这个标本是几种不同的动物拼凑起来的，并扬言要追查是什么人敢如此恶作剧。当时恩格斯（没错，就是那位伟大的革命导师，他同时还是自然科学家）大笑着说："鸭嘴兽既然生蛋，就不是哺乳动物，因为哺乳动物都是胎生的。"按照传统概念，哺乳动物必须胎生而不是下蛋。但由于鸭嘴兽既下蛋，又吃奶，生物学家们伤透脑筋，不知道该把它列入哪一类动物。经过多年的争论，

塔隆加动物园是悉尼最大的动物园，建于 1916 年，占地 75 英亩，依山而建，里面有 400 多种来自世界各地的动物。

最后只好以毛和奶作为分类的依据，将鸭嘴兽列入哺乳类，称它为"卵生哺乳动物"。因为世界上只有哺乳动物有圆的毛（鸟类的羽毛是扁的）和分泌真正的乳汁，而这两个特点鸭嘴兽都具备。于是恩格斯在 1895 年给康·施米特（德国经济学家和哲学家）的信中说："我在曼彻斯特看

动物园的鸭嘴兽 Logo

见过鸭嘴兽的蛋，并且傲慢无知地嘲笑过哺乳动物会下蛋这种愚蠢之见，而现在这却被证实了！因此，但愿您不要重蹈覆辙！我还要向鸭嘴兽道歉，请鸭嘴兽原谅我的傲慢和无知。"对此，鸭嘴兽摊手表示：我们家族历史都千万年了，什么世面没见过？知错能改就是好孩子，原谅你啦！

恩爱的
鹦鹉夫妇

看我碉堡的发型和配色

你这么萌，
家里人知道吗？

雪花与秘扇

这天然假领酷吧?

小样儿~

拈花轻嗅,
甜到忧伤

这纹身, 帅到掉渣

简约时尚黑白配的马来貘（Malayan
Tapir），活化石哦!
因为该物种已经存活了好久好
久好久啦! 濒危物种

油光水滑的家伙，看样子是游泳能手。
这是倭河马（Pygmy Hippo），又称侏儒河马，
分布于西非热带雨林中，
看似迷你版的河马，也是濒危物种，
大家还是好好保护环境吧

进击的袋鼠

懒羊羊

高贵冷艳的长颈鹿

可爱的小海豹

乖巧的小象,
主动抬起脚让工作人员冲洗

矫健的斑马,
原来身上的条纹不只
有黑白色,还有棕色

88

动物园的海豚表演在上午 11 点和下午 2 点，鸟类展览则在中午 12 点和下午 3 点，安排好时间观赏哦。

动物园的植物也很可观
当真是水陆草木之花，
可爱者甚蕃

　　鸭嘴兽还与针鼹猬、笑翠鸟一起挤掉了大众熟知的考拉和袋鼠，成为 2000 年澳大利亚悉尼夏季奥运会吉祥物。

　　从动物园坐轮渡回环形码头再往屈臣氏湾，大约 40 分钟到达。屈臣氏湾是悉尼的富人区之一，坐落着一栋栋漂亮的别墅，绿树繁花环绕，院子外十几米即是海湾沙滩，美好而安静。

　　屈臣世湾最妙的是湾内风平浪静，湾外的太平洋却惊涛拍岸，而从湾内到湾外仅需徒步几分钟。

　　屈臣世湾最有名的景点 The Gap（外海进入悉尼港的通道），沿着码头往上山方向走即可到达。太平洋的恢弘壮阔激动人心，是欣赏日出日落的佳处。虽然我们去得有点晚，只看到晚

霞满天，但也非常美丽。

　　从屈臣氏湾回市区后直奔唐人街，寻找金唐海鲜酒家。

　　名声在外的老字号很好找，问路时大家都知道。传统粤式风格的门面和装修显得格外亲切。帮我们点菜的部长应该是香港人，讲好听的粤语，很风趣。他建议我们拿着生猛龙虾拍照，接着让我们往盛龙虾刺身的冰上浇水，"嚓"的一声冰雾升起，真好玩！

　　金唐名不虚传，用料新鲜，出品精良。龙虾叫了两食，刺身鲜甜，姜葱爆炒伊面入味饱肚，送的甜点也很赞。

沙滩上整齐排列着倒扣的小船

西瓜 松化的蛋散及笑口枣 椰汁西米露

Caims

热带度假天堂
凯恩斯

大堡礁 · 与苏眉鱼来个亲密接触

老牌餐厅 · 牛排有点老

Day 7

今天上午要飞凯恩斯（Cairns）。咋晚请酒店前台帮忙预订了出租车（预订时可选择普通或大部型，我们订了大部型，足够3人及行李安置），出租车7:30准时到达。悉尼工作日早上常塞车，出租车较少到市内，所以提前预订比较保险。

司机是孟加拉人，很健谈，聊了一路。原来他到过中国旅游，相当喜欢中国美食。

飞机10:30起飞，13:40到达。凯恩斯机场较小，所有标识牌都有英、中、日三国文字，看来中日游客很多。机场的餐厅，店内用啤酒桶盖装饰，餐台都是啤酒桶制成，别致有趣。

凯恩斯是北昆士兰州的首

府，以大堡礁和热带雨林闻名。这里接近赤道，四季如春，是度假天堂。

从机场到下榻的旅馆打车仅需 10 分钟。这一带很多家庭旅馆，外观是棕榈树环绕的别墅，宁静舒服。

老板 David 和 Sharon 很和善，听说我们要找吃的，热心介绍附近的餐馆和超市。旅馆前台有专用架子，把要寄的明信片或信件放入，老板会帮忙寄。小套间设施完善，开放式厨房里面冰箱、电磁炉、碗碟等一应俱全，餐桌、沙发、茶几各居其位，小阳台上还有晾衣架。

下午没安排行程，来旅馆的路上看到有海鲜市场，我们决定先到超市选购食材做晚餐。

晚餐前，我们在旅馆前台订了明天去大堡礁的票，摩尔礁一日游加海底漫步。

火腿芝士饺，有
点像厚皮的云吞。

金枪鱼三文治

超市货架上品种繁多的奶制品，色彩斑斓，
光看就觉得很开心。

98

SEAFOOD *market*

当地的海鲜市场.

橙汁

酸奶

粉丝　苹果

老抽

沙拉

虾蟹

鸡蛋

芝士

柠檬

牛油果

牛肉干

还是很丰盛的吧.

　　鉴于食材新鲜和厨艺水平有限, 采取白灼方式. 最赞的是虾肉, 香甜厚实, 蟹一般, 老抽虽贵 ($ 3/100ml) 却不够鲜甜, 看来应该买更贵的生抽.

Day 8

早上七点半，David 开着面包车送我们到游轮码头，同行的还有两位上海女孩。

码头有好几个旅游公司的柜台，我们到"太阳恋人"（Sunlover）报到。登记的工作人员告诉我们今天海上风浪较大，不一定能海底漫步，有点失落。

太阳恋人是凯恩斯一家较大规模的游轮公司，提供中英日多种语言讲解。

上船后要填表，就是参加海底漫步项目的风险提示，还要拿出护照核对登记。

给我们填表的工作人员是台湾男生，很体贴地告诉

出海的双体式游轮,正面看更显规模。

我们要坐在船中央,比较不容易晕船。

接着,台湾男生为大家讲解潜水注意事项和基本示意手势。原本黑黑瘦瘦的他眼神犀利,神采飞扬,果然自信专注的人最帅了!

当天刮强风,游轮晃动得厉害,舱内冷气又强劲,穿短袖的猫部只能上二层甲板晒太阳。所以,出海一定要带多件外套!

甲板上看到几位结伴同游的阿姨,虽然晕船,但还是兴致勃勃地摆拍,一边吐完一边振作精神摆造型,实在是精神可嘉。

摇摇晃晃中猫部打起了瞌睡,一下撞到了隔壁的阿姨。阿姨夸张地模仿着船晃动说:"对面的小伙笑你呢!"

　　闲聊中得知阿姨是四川人，也是与好友一起出游。这时鱼也出来透气了，听到阿姨的话对猫部说："我们老了也要这样一起出来旅游啊！"嗯，一定。

　　大约过了两个多小时到达摩尔礁，有部分游客在中途的翡翠岛下船。

　　用过自助午餐后，我们稍事休息就准备下水。这是我们再度傻眼：原来海底漫步的装备只能保护头部，而我们、泳衣、毛巾什么的都没准备。我们只好临时买了大浴巾，$29.5/条，质地还行。

　　在平台上穿上潜水服，换上鞋，系上带铅的腰带（重！），沿着平台扶梯下水，水到脖子处时套上氧气帽（更重！据说有30多斤）就可下水。水下有从平台下放的走道，漫步时扶着走道的栏杆，头保持正直，水就不会进到氧气帽里。

摩尔礁平台由巨大的帆布遮阳棚覆盖，从游轮直通平台。平台划分不同区域，参加不同水上活动从指定的区域进出。

可爱的宣传小画儿。
But we don't want to
get wet !

很憨的样子，
忍不住摸了一把，很滑。

104

走道边很多小鱼游来游去，尽头有工作人员拿着食物诱鱼，于是看到了鱼群还有传说中巨大的苏眉鱼。

趁苏眉鱼游近工作人员会拿起水下相机帮游客拍照。

下水前台湾男生说今天水温28摄氏度，有需要可以租防寒衣。猫部当时觉得28度可以接受，结果从下水一直发抖到上岸……

海底漫步后我们坐上玻璃底船，到稍远的地方看珊瑚礁。船底中央是钢化玻璃，可以清楚观赏海底景色。

大堡礁（Great Barrier Reef）是世界上最大最长的珊瑚礁群，纵贯澳大利亚的东北沿海，延绵2000余公里，有2900个珊瑚礁岛，400多种珊瑚礁和1500多种鱼类，1981年列入世界自然遗产名录。

回到平台上还有喂鱼表演，可以看到一群群的鱼儿围着饲料聚集。看完喂鱼不过瘾还可以到水下观景厅，能看到较深处的鱼和珊瑚。还有部分游客选了潜水，有可能见到大海龟，大堡礁是濒临灭绝的巨

型绿龟栖息地。

在摩尔礁4个小时的水上活动结束后开始返航，这时可在游轮一层挑选之前工作人员拍的照片，青选了和苏眉鱼的亲密合照。

大约下午5点多回到码头，David 接我们回旅馆梳洗后又送到 Dundee's 餐厅。

昆士兰牛肉很出名，我们特地点了2份，一不小心叫了 Well Done（全熟），肉质变柴了，青胡椒酱倒是别有风味。芝士蘑菇意粉很香浓，生蚝特别新鲜。甜点拼盘有苹果丝、草莓、葡萄、饼干、蛋糕和芝士，但是蓝芝士太重口了，完全无法接受。

昆士兰最有名的牛肉，
可惜不小心叫了well done，
青胡椒酱倒是别有风味。
芝士蘑菇意粉很香浓，
生蚝特别新鲜。
甜点拼盘有苹果丝、草莓葡萄饼干蛋糕和芝士，
但是蓝芝士太重口了……

Melbourne

历史文化名城
墨尔本

唐人街 · 手信买买买

莱贡街 · 意大利风情满满

电车 VS 马车 · 古老与现代交融

菲利普岛 · 动物们萌翻了

大洋路 · 一起去兜兜风

-

Day 9

　　昨天回旅馆的路上看到美丽的海滨，于是早起到附近散步。虽然下起了小雨，景色还是非常怡人。不少人冒着小雨晨跑，真羡慕当地人有这么棒的跑道。

海滨路的另一边是大草坪，鸟儿在此觅食。

很漂亮的海螺雕塑。材质是五彩玻璃马赛克，闪闪发光。

旅馆有送机服务，依然是 David 送我们到机场。10:35 从凯恩斯起飞，14:00 到达墨尔本，直接打车到酒店。

在酒店楼下顺利与奕洁碰面。奕洁是同事赵科的朋友，受其委托接待我们，真是太感谢了。

奕洁问我们想吃什么当午餐，猫部马上拿出攻略说想去这家克林顿去过的店，正好奕洁也常去，离酒店走路也才 15 分钟路程。

牛肉汤河粉里有牛丸、牛肉片、牛杂等，汤水鲜甜；猪扒嫩香入味，春卷香脆，米粉卷中有整只虾肉、生菜和米粉，味道清淡，需要蘸酱。越南的汤河粉特别之处在于会附送一碟豆芽、柠檬和罗勒叶，可以拌入汤吃。

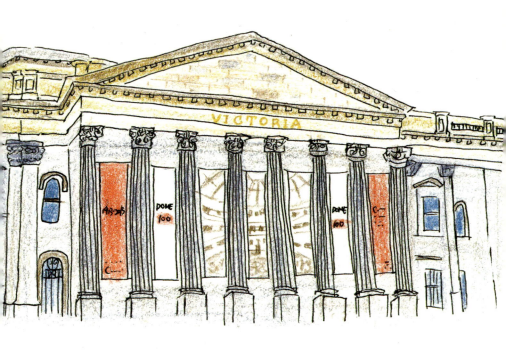

不远处就是维多利亚州立图书馆，在门口就可以蹭 Wifi。

墨尔本（Melbourne）是澳大利亚第二大城市，是维多利亚州的首府。面积 8000 多平方公里，是全球最广大的都市区之一。18 世纪 50 年代，在墨尔本附近发现了金矿，淘金热使人口大增，墨尔本随即成为繁华城市，并得到"新金山"的别称。如今 Sovereign Hill 金矿区还是热门景点呢！

墨尔本市中心有众多的维多利亚建筑和哥特建筑，与现代街区和谐共存，交相辉映。

墨尔本有多家历史悠久的大学。皇家理工大学（MIT）就位于市中心，建于 1887 年，是一所城市化、多元化的综合性大学。校舍众多且精美，各具特色，墙壁上挂着有编号的牌子。

墨尔本居民中有 1/3 是移民，尤其是华人与意大利人居多，形成这个城市的多元文化。

墨尔本唐人街始建于 1854 年，是澳大利亚最早的唐人街，也是世界上最早的唐人街之一。唐人街两旁的建筑大多超过半个

建于 1865 年的小教堂

世纪，古朴典雅。

　　由于之后两天行程紧凑，我们决定在唐人街购买手信。澳大利亚退税条件是离开澳大利亚之前60天内在同一个零售商处消费满300澳以上，所以最好集中购买哦！

　　大肆采购后已经将近7点，奕洁带我们来到莱贡街（Lygon Street）。这里意大利餐厅和精品店林立，是墨尔本著名的意大利街。

　　不少餐厅服务员走出街边招揽生意。因为澳大利亚实行周薪制，每周四出薪，今天刚好是周三，周薪基本花完，所以消费场所门可罗雀。

商店入口摆放
的招财羊，毛绒绒。

极具中国特色的牌楼
是唐人街的入口

NOUGAT

牛轧糖，有硬软
之分以颜色区分口味，
推荐软质原味

蜜糖夏威夷
果仁，不是送人的
话建议买散装。

牛初乳片，香浓
牛奶味，好吃到
飞起

鸸鹋（Emu，澳洲
鸵鸟）乳霜，润肤
同时有消炎作用。

奕洁推荐的绵羊油，
适用于脸和身体，滋
润好闻，性价比高。

303 Lygon St
Carlton 3053
t (03) 9347 5759
f (03) 9347 5799
w www.tiamo.com.au

分

我们就餐的 Tiamo 却很火爆，座无虚席。Tiamo 是意大利语，"我爱你"，这家的意大利餐特别正宗，Pizza 是用炭火烤制，薄脆可口；番茄海鲜意面也很入味，提拉米苏香滑又不过甜腻，凯撒沙拉和面包片也很好吃。

用完晚餐出来街上很多店都打烊了，有家糖果店还开着。巧克力、糖果、玩偶琳琅满目，甜蜜好玩。

Timao 的晚餐

巨大的糖果机，
扭一个试试？

袋装软糖，

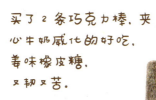

买了2条巧克力棒，夹
心牛奶威化的好吃，
姜味橡皮糖，
又韧又苦。

119

缤纷的糖罐中点缀着精灵的玩偶，
好想开家这样的店

Day 10

今天去菲利普岛（Phillip Island）的团11点半才出发，我们决定再逛逛昨晚没看够的莱贡街。

墨尔本于2011年被国际自行车联合会提名为

路上的自行车租借点

"自行车城市"，相关设施非常完善，市内有自行车专用道和租借点，随时可以看到"骑士"穿梭于这个美丽的城市中。

就着灿烂的阳光，我们玩起了影子游戏。

PIAZZA ITALIA
Argyle Square

深秋的黎明，金黄的广场实在是美不胜收。

广场另一边的莱贡街同样安静而美好。

街头的彩色玻璃灯

丘比特招牌

cupido

middle eastern

餐厅外棚架吊着取暖器
墨尔本 5 月初的夜晚
已相当清凉

橱窗展示的意粉，
原来有这么多
颜色和形状

皮革玩偶，
质感棒棒哒

温柔的小白马，
戴着红巾很乖
巧

陶瓷猫鼠

请告诉我
吃什么方能这么圆润可爱？

小红帽，下雨了，
　我遮你回家吧！

看我的配色都知
道我来自哪里

124

考眼力，车上有多少面意大利国旗？

手工皮包也有
凌厉的眼神

　　清晨闲逛之后到附近超市买
早餐。超市外面的饼店很棒，可是
现金有限的我们只能看着流口水。
　　在超市猫部拿出信用卡结账
时，旁边的小伙指着信用卡兴奋地
大叫："Doramimi！"我们一头
雾水，Doramimi是什么玩意儿？
接着他说起小时候超喜欢哆啦A
梦，还管人家叫Doramimi。哈哈，
亲爱的蓝胖子听到这个称呼会不会
很无语？

o Female only (1-2 persons)
o Wireless Internet (Wi-Fi)
o Furnished room
o In Sydney CBD
o Near everywhere:
   • Townhall, Chinatown, etc.
o No smoking
o Clean and tidy persons
            Available Now!
      $ 125   pw/person
      Call : 0433 123 456

胖胖的行人自助红绿
灯按钮，有需要的时候可以
按，手感很好。旁边还贴着
租房广告，看来不同国家贴
小广告的地方都差不多呀。

　　墨尔本市区最主要的公共交通工具是有轨电车，这是南半球最大及世界上最繁忙的有轨电车系统，已经有 100 多年历史。乘坐电车，买票是完全靠自觉的，既没人检票也没人收票。澳大利亚的公共交通实行一票到底的制度，前面在珀斯和悉尼都买过，只要一张通用卡，就可以自由搭乘有轨电车、火车和巴士，甚至轮渡（游客一般买当天不限次搭乘的就可以啦）。

　　最经典的电车类型就是上图的红绿配了！铛、铛，司机踩响车铃，发动机咔哧咔哧之声仿佛又让人们回到了蒸汽机时代。其中有专为观光客设计的车号为"00"的免费环城观光电车。它环绕市中心外围双向行驶，下车后步行即可进入市区。每 30 分钟发车一班。整个行程约 1.5 小时，

可以随时在主要城市景点的 13 个车站上下车。游览过程中还提供内容丰富的导游解说。车上的服务员也会热心地解答问题，同时还有许多介绍墨尔本游览点的小册子和地图以供查阅。

除了单纯的电车以外，有一些电车被改造成了餐厅，这就是墨尔本很有特色的电车餐厅（Colonial Tramcar Restaurant）。车缓慢前行，一路享用美食，伴着讲解，经过海港区、圣基尔达路、市中心还有国会大厦等主要地标，充分领略墨尔本城区的历史变迁。

又除了经典的电车以外，也有最近出炉的豪华版电车，车身上有可爱的小蜜蜂，嗡嗡嗡，速度可不是盖的！

　　萌化的小蜜蜂呼啸而过，一转头看到街角有奇怪的物体，擦亮眼睛确定一下，没错，不是眼花，是一辆马车！

　　刹那间穿越到中世纪的感觉有木有？马车和马都装扮得非常干净漂亮，有爱的马车主甚至在座位处插上了时令鲜花。其实马车在墨尔本是正规的交通工具，也必须遵守交通规则，等红灯之类是必须的。还有个小八卦：英国皇室在庆典时使用的马车都是墨尔本制造的，高档马车上面镶满了宝石，价值几百万澳元呢！

　　墨尔本就是这么神奇的城市，古老与现代交融得毫无违和感，反而有深厚悠长的韵味。

　　逛到差不多时间又到湄江牛河屋用午餐，然后到对面的长青旅行社报到。

今天的行程先是参观传统农场和考拉保育中心，最后压轴的是看企鹅大游行。

从市区出发大概2个半小时到农场，在门口换大篷车进去。

第一个节目是剪羊毛表演。农场主从旁边的羊圈中拉出一只羊，边熟练地推剪

跟团导游是台湾MM，风趣干练。

边讲解。这时有个小朋友拍案而起，大叫"Help！"可能是觉得羊有危险，真是好孩子啊。剪完一整只羊毛只需两三分钟，光秃秃的羊有些失重，跌跌撞撞地回羊圈，听说要在羊圈里保温几天才能出去。

剪羊毛

Help!

130

还记得珀斯的萌车牌吗? 实物就是这个, 袋熊, 腹部有育儿袋, 善挖洞, 有点像小黑猪。几只小袋熊和圈里的小鸡小鸭互相追逐, 很有喜感。

羊驼, 前额的刘海很范儿

手信篇介绍过的鸸鹋, 怒发红眼, 气场强大。

看得出我很牛吗? 不错, 牛哥是也, 编号 868, 号也牛。

从农场出来不多久就到考拉保育中心。展示馆有考拉标本和介绍, 原来考拉有南北之分, 南部的体型更大, 皮毛更厚。刚出生的考拉极小, 只有指甲盖那么大。

展馆后面有很长的栈道, 两旁有很多桉树, 哪棵上面有考拉, 睁大眼睛好好看看吧!

桉树都很高，在上面栖息的考拉远看就像树包，我们看了十几颗树就只发现四只考拉。

菲利普岛得名于新南威尔士的首任总督（Arthur Phillip），位于墨尔本东南约130公里，面积约100平方公里。

除之前参观的农场和考拉保育中心外，菲利普岛以小企鹅闻名于世，因此也被称为"企鹅岛"。岛西南面的萨摩兰海滩（Summerland Beach）建有企鹅自然生态保护区，是目前世界上最大的野生企鹅保护基地。

PHILLIP
ISLAND

导游在车上介绍神仙小企鹅（Little Penguin）是企鹅中最小的一种，也是唯一在澳洲出生的企鹅种族。成年企鹅身高约30厘米，体重约1公斤，胸白，背呈蓝黑色。

小企鹅以鱼和贝壳为主食，天亮出

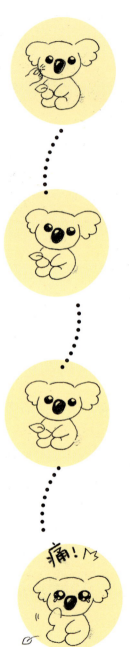

海觅食，天黑归巢休息，是真正的"日出而作，日落而息"。最特别的是它们归巢时会一批批地列队上岸，所以人们称之为"企鹅大游行"。由于照相机闪光灯会伤害小企鹅的眼睛，所以禁止拍照，更不要触碰它们。"小企鹅有野性，你一摸它回咬你一〇，就成了什么？禽流感啊！！！"导游的冷笑话还蛮好笑的。

　　到企鹅保护区大概是下午5点，距离今天日落时间17:50还有空暇（景点会预报每天的日落时间和预计归巢的企鹅数量），可以先参观展馆和吃晚餐。

展馆里除了神仙小企鹅的标本，还有其它种族的企鹅标本。有一个展示柜把皇帝企鹅及其幼鸟和国王企鹅幼鸟摆在一起，猫部马上联想到《白熊咖啡厅》的梗，笑得停不下来。

　　展馆出口连着长长的栈道，顺着走就到了海滩的观景台。因为怕人为光源损害小企鹅的眼睛，仅在观景台附近置了数支高大的灯柱照亮岸边。经过勘察，最佳观赏位置就是第一排靠近灯柱的地方，因为企鹅上岸后必经灯柱旁的草地归巢。

　　坐在木阶梯上，吹着清凉的海风，听着轻柔的海浪，

他们在企鹅中形体最大，可以说是企鹅中的王者！就叫国王企鹅吧！

居然还有比国王企鹅还要大的企鹅……那就叫他们皇帝企鹅吧……

事情就是这样，名字改得真随便。

虽然它们成年的模样很相似，幼鸟却……天壤之别有木有？！

看着天边的晚霞，已令人深深沉醉。

　　天色渐渐暗下来，阵阵白浪涌向岸边。过了一会儿，看见一些黑点在浪花中向岸边前进，那就是归来的小企鹅啊！它们一边抖落身上的水珠，一边自然形成了整齐的队列，偶有一两只被海浪卷回海里，也会挣扎着重新赶上队伍。

　　队伍分工明确，井然有序。有在前面雄赳赳气昂昂快速前进当领队的，有瞻前顾后似乎在清点人数的，还有左

天色渐渐暗下来，阵阵白浪涌向岸边。过了一会儿，看见一些黑点在浪花中向岸边前进，那就是归来的小企鹅啊！

它们一边抖落身上的水珠，一边自然形成了整齐的队列，偶有一两只被海浪卷回海里，也会挣扎着重新赶上队伍。

看右看开小差的。小企鹅们开始登陆时摇摇晃晃，步履蹒跚，到接近草丛处却骤然加速，健步如飞。

随着各小分队的抢滩登陆，海滩上布满了小企鹅，真像大游行的盛况。

看到差不多的时候就该沿着栈道往回走，有彩蛋哦！栈道两旁都是刚才登陆正往家赶路的小企鹅，可以近距离观察，有的小企鹅还会跟游客亲密对视（小眼神可是很犀利的）。与在珀斯企鹅岛看到的小企鹅相比，这里的小企鹅略显精瘦，但更为矫健。应该是人工喂养和天生天养的区别吧。

小企鹅们的家就在栈道旁草丛下的沙丘，那一个个的小洞就是小企鹅的巢穴。

低头看着精灵的小企鹅，抬头望天已有很多星星，如同黑幕上的宝石闪闪发亮，油然生出万物有灵且美的感叹。

意犹未尽地回到市区已经晚上8点多。在下车地点附近发现了一家港式餐厅。

点了酱油鸡饭和炒牛河，味道很正宗。

太平洋烧腊茶餐廳
Pacific B.B.Q. Café

酱油鸡饭和炒牛河，味道很正宗

吃完饭经过州立图书馆蹭了会网，然后三顾莱贡街。

冰淇淋口味很多，还直接把新鲜水果摆上去，让人很有食欲。味道也是一级棒，意大利冰淇淋真真名不虚传。

今天是周四出薪日，不同于昨晚的冷清，餐馆几乎都坐满了人，因而也看不到店员走出街边招揽生意的情况。

意大利冰淇淋真真名不虚传

Day 11

今天去大洋路（Great Ocean Road）。早上 7:20，司机兼导游 Johnny 准时在酒店门口等候，小面包车上已经坐了 12 位团友。给我们预留的座位是副驾和后座第一排。

I'm Johnny

第一个景点是白皇后灯塔（The White Queen Light House），历经百余年仍头戴红冠，通体纯白，所以得名。

灯塔附近有个小乐园，地上的砖片很有趣，胖乎乎的人身上还有名字，围成一圈其乐融融。

　　旁边有个大秋千，足够两个人坐。猫部和鱼体验了一把，好玩。

　　大洋路位于墨尔本西部，一直被票选为世界上最美的海洋公路，全长近300公里。这条公路是为纪念第一次世界大战的参战士兵而修建，1919年开始动工，1932年正式开通。由于在英语中称一战为"Great War"，这条路也有很多退伍老兵参加修建。就命名为"Great

Ocean Road"。

　　车子在路上行驶，右边是郁郁葱葱的山脉，左边是延绵迷人的海岸线，沿途还可以看到冲浪沙滩，心旷神怡。

　　接下来是奥威国家公园（Great Otway National Park）。Johnny 带我们走进安静的小径（也不算小，至少有两车道宽），两旁都是桉树林，看到的考拉比昨天在保育中心的多多啦！运气好看到一只没睡的，还在树上朝我们搔首弄姿。Johnny 的 Ipad 里还有一段考拉下树后在陆地追赶小鸟的视频，欢快得像小狗。

　　路口的矮树上停着几只漂亮的大鹦鹉，Johnny 捧出饲料分给团友喂食，它们就飞过来停在手上啄食。

　　然后是漫步雨林，这回是真的小道了，还铺上了木板。

　　雨林很潮湿，可以看见很多菌类，颜色都还比较正常。

　　雨林中还有很多参天大树，仰望直入云霄，甚是壮观。大树也会有倒下的时候，一般是开始中空，慢慢倾斜。为保护游客和周边的植物，倾斜比较厉害的大树旁边安装了固定支架。

　　有个树洞有2米多高，很多人在洞里拍照。就在这，偶遇凯恩斯同住同玩的那两位上海MM，真有缘！世间所有的相遇都是久别重逢，虽然还不算太久。

沙椤，
恐龙时代的植物

还记得珀斯路边的白
蜗牛吗? 这里的是黑
得发亮的
黑蜗牛。

2 米多高的大树洞

　　走完雨林到阿波罗湾（Apollo Bay）小镇用午餐。点了烤鸡和炸鱼薯条（为什么又是鸡？因为青说国内禽流感，要在这吃够本。汗～～）。鱼是Johnny推荐的，说是就近捕捞的小鲨鱼，果然外脆里嫩，新鲜美味。缺点是蘸料要另买，番茄酱$1。

　　跟Johnny同桌吃饭聊天。他是新加坡人，一周只上三天班，好羡慕！

　　吃完可以逛逛小镇，面朝大海，风景如画。镇上的小店也有可爱的精品，这个水壶就穿上了手工小毛衣，有爱。

　　除了迷人的海岸线，大洋路以鬼斧神工的悬崖和巨石著称。十二门徒石（The Twelve Apostles）是经几百万

年风化和海水侵蚀形成的12个断壁岩石，形态各异。看着
伟岸的巨石，倾听澎湃的海涛，大自然的力量真是让人叹为
观止。

　　伦敦断桥 (London Bridge)，从前这个岩石是突出海
面与陆地连接的岬，由于海浪的侵蚀冲刷形成2个圆洞，
正好成双拱形，形似英国的伦敦桥而得名。大家都听过
London Bridge is falling down 吧，这里就有故事了。

　　洛克阿德峡谷（Loch Ard Gorge）因1878年洛克阿德号在此触礁沉没而得名。顺着峡谷暴梯下到海边，可以见到美丽的沙滩、晶莹的海水，还有神秘的石灰岩洞。

在 1990 年 1 月 15 日的傍晚时分，海浪轰隆一声把岩石与陆地连接的圆洞冲垮，这回真的就成了现在看到的单孔断桥。故事还没完，当时刚好有一对新西兰情侣在离岸的那一端卿卿我我，桥塌之后他们就站在孤悬的断桥上，于是警方出动直升机来救援。这么好玩的事情媒体当然蜂拥而至，可是他俩却打死也不肯上镜头接受采访。为什么呢？原来那个男的在新西兰有太太，而新西兰距离澳洲很近，一上镜就曝光了。如果下次有人对你说什么海枯石烂矢志不渝的誓言，直接把他敲晕好了！

来到断桥是傍晚时分，另一侧出现了超美的火烧云，天边的云彩从橙黄到通红，甚至能看见喷溅的"火点"。

看完晚霞，心满意足地返程。回市区走的是内陆线。路上看到繁星满天，在征求团友们的同意后，Johnny 停

车了分钟让我们观星。小团就是有这个好处，好商量，Johnny 还一路主动帮团友拍照。

　　此时仰望星空有什么感受？摘录康德大师的名言："有两种东西，我们越是反复思索，它们就越是给心灵灌注了时时的翻新，有增无减的赞叹和敬畏，那就是头上的星空与心中的道德律。"深以为然。

有两种东西，
我们越是反复思索，
它们就越是给心灵灌注了时时的翻新，
有增无减的赞叹和敬畏，
那就是头上的星空与心中的道德律。

Day 12

　　仍是昨晚提前请酒店前台帮忙订的士，7点半出发，在车上恋恋不舍地浏览墨尔本的市容市貌，约8点到达机场。

　　到机场很重要的一件事是要退税。

　　先将物品和发票拿到机场最底层（即到达大厅），在右边的Custom Service检查发票和物品后（一般只是粗略看看，不会细翻），海关会在发票背面盖章。工作人员提醒澳宝要随身携带，不能托运。

　　领登机卡时将检查后的物品放入行李箱送予托运，这时顺便在柜台拿出境申报单填好，待会过安检要交的。

　　过安检后到右边TRS柜台仅需退税，需出示护照、已

温馨提示
墨尔本机场退税的人相当多，2个小时都不一定能搞定，要尽量预留多些时间。

打开是小袋鼠造型的中空饼干，
像薯片的口感，很香脆。

盖章的发票及信用卡信息。如无法提供信用卡，可留下国内邮寄地址，由海关以邮寄支票方式退税。

鱼自告奋勇去 TRS，于是猫部和青可以逛逛机场商店。强烈推荐袋鼠饼干，貌似机场的口味是最全的，外面平常的商店没得买。

大包装里有 12 小袋，4 种口味，$6.99，很划算。盐醋口味很好吃，猫部最爱。

还有一种三连盒的饼干，上面是考拉或袋鼠图案，奶香味浓郁，$10，当手信也不错。

买完手信还剩十几元，就到快餐店买炸鸡当早餐，哪知道炸鸡店效率太低，拖拖拉拉居然快到登机口关闭时间，于是提着炸鸡一路狂奔，到登机柜台却被告知班机延误，也好，可以坐下来慢慢享用早餐了。

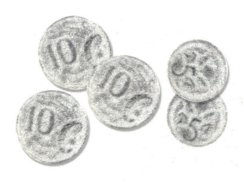

吃完早餐清点一下财产。经过这两天的精打细算,共剩余澳币4角整。

1个多小时后飞机起飞。附近坐的是来自广州一所国际学校的少男少女,叽叽喳喳好不热闹。晚上8点,顺利在广州机场着陆。到家啦!

澳大利亚,后会有期。

后记

　　很多年前的一天，偶遇手上拿着一本漫画杂志的猫，问："你也喜欢看漫画吗？"搭讪成功！自此生命的旅途中多了一位志趣相投的好友。

　　某天，意识到读万卷书不如行万里路，三人行必有我师，便有了我们的第一次结伴出游。然后，大家都喜欢上这种观赏美景、结识朋友、总结经验教训和相互吐槽的出行方式。

　　感谢有这么一位旅伴，将我们澳洲之行的回忆以及感动通过画笔留存下来。作为第一批读者和旅程参与者的我，仍记得每次看到更新时的满满感动与钦佩。如今终于等来绘本出版的消息，为我的好友打CALL，棒棒哒！

鱼

　　环游世界一直是我的梦想，而南半球更是令我心驰神往。一次偶然机会得知猫和鱼的旅行计划，随即一拍即合，开始了"嘻哈三人行"的难忘之旅。难忘珀斯小区路上三个小女子迷路的乌龙，难忘悉尼唐人街上令人垂涎欲滴的大龙虾，难忘菲利普岛上成群结队归巢的呆萌企鹅，难忘大堡礁上与大鱼海底漫步的欢畅，更难忘墨尔本大洋路上美得让人窒息的日落……这趟澳洲之旅，一直是我最难忘的回忆之一。翻开猫的这本书，秒回到当时，各种情景跃然纸上，我很喜欢，愿你也喜欢。

青

致谢

谢谢家人，一直鼓励支持我画画，让我充满信心；谢谢朋友、同学、同事和素未谋面的网友们，各种点赞表扬转发，让我坚守初心。最后，谢谢正在阅读本书的你。祝大家健康快乐。

猫部